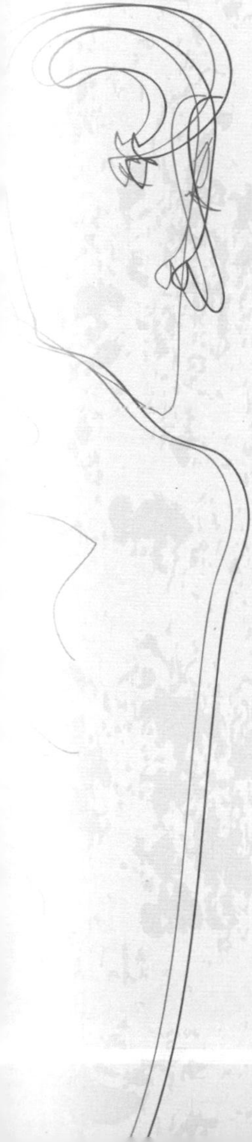

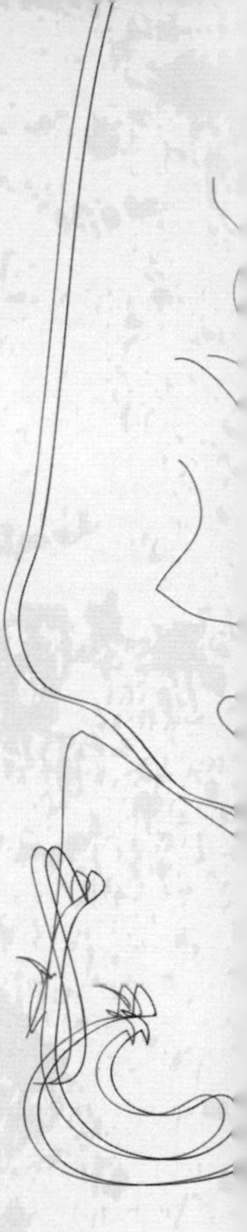

無法掩藏的時候

陳肇文

三民書局

緣起

書本，是知識的橋梁、文化的渠道，閱讀好書，我們得以與歷史經典為伴、當代思潮為友。

「集輯」書系——集思為海，廣納知識。收錄文學、國學、哲學等不同領域學問，有散文、小說、評論和回憶錄等各種作品。引領讀者探索世界，一同徜徉浩瀚的知識之海。

方便攜帶的小開本書籍裝幀，能讓讀者在繁忙的生活中，也擁有隨手閱讀、輕易涉獵不同領域的紙本體驗。當閱讀在生活中開花，生活也會因閱讀而繽紛。

三民書局編輯部　謹識

不知不覺中的真實聲音

王浩威

一

出版社寄來的詩集，許久以前就慢慢翻了許多。總覺得可以為肇文的這本書隨時寫些文字了，沒想到，一切並沒想像的容易。

十月初，到日本屋久島緩緩遊走。原本是這麼想的：每天早上醒來，在森林中，悠悠哉哉的寫一小段。沒想到，才動手幾百個字，就困住了。最初動筆的時候，心裡以為的全不是這樣。總覺得有好多論述想要趁這個時候發揮，可就是不知道為什麼，寫著寫著，心情開始跌宕，陷入了無止境的傷感。難道，自以為年輕，為賦新詩強說愁的自憐了？

難道是逝去的青春有著自己過去竟然從未察覺的致命吸引力，讓心情很容易就陷落到無止境的哀傷？某一方面來說，好像是這樣。的確，時光的流逝是完全超出了感覺的抓攫速度，在還來不及意識以前，自己忽然就覺得原來是好些的年

紀了。雖然早已不覺自己依然是當年的年輕，但也沒意識到自己錯覺這一切才是不久前的昨日，一切是時空錯置的恍惚。

宛如還在稍稍更早的幾年以前，還是年少的終夜高談闊論。在高雄市學校所在的十全路上，也許是自由路的夜市，或是保安宮的廟口。歲月是如此豐盈，無所謂任何的揮霍。我們浸泡在廉價酒精裡，酩酊中的青春是永遠沒有盡頭的，一種理所當然的存在。

因為如此，從來沒有想到有那麼一天，我們也會到達孔子所謂的耳順之年。更沒想到有這樣的一個機會，透過陳肇文再版當年的詩集《無法掩藏的時候》，在一字一句的閱讀過程當中，心情逐漸的安定下來，也開始重新去看當年還是二十歲的我們。

二

十一月初到了北京，專業工作上的緣故。那時候的香港，已經開始進入了最後的時刻。一路上遇到的大陸朋友，講的都是和臺灣世界看到的完全不一樣的東西。在同一個時空裡，卻是兩種完全不同的事實，十分震驚的經驗。大部分的時

候，我只能用沉默來反應，必須要對抗許多人共有的集體事實，是永遠唐吉訶德的。因為只敢沉默，開始意識到自己原來也逐漸的膽怯了。

工作結束後，剛好遇到一群間接認識的朋友，不是心裡只有圈圈的朋友。那一個禮拜是北京這一年第一次攝氏零下的冬天，他們說就去吃涮羊肉吧，打上北洋冰的汽水和北京五十二度的二鍋頭，這樣才是老北京冬天的感覺。

座上有朋友是成都來的，大家都是第一次認識，一位老北京就說起了當年到成都的事，莫名的被邀請到那裡舉辦搖滾演唱會的事。那是八九以前的事情，世界的氛圍是不一樣的。搖滾樂也許是在北京開始萌芽，但對於當時感覺十分遙遠的成都，卻是一種陌生的玩意兒。他們說就在一個新開幕的速食餐廳前，為這個餐廳的開幕連續舉辦三天的演唱會。聽眾全是被逼來的，部隊裡每個單位派出一兩位的代表，還有自己坐著三輪車一路上吆喝送票求來的人。

那是一個遙遠的時代，這位老搖滾的朋友說著，就好像他們一路開車到成都的過程。那時候沒有高速公路，只能硬著頭皮跟著車隊深夜裡走過秦嶺。不明白的人，像我這樣，忍不住問說：如果「蜀道難，難於上青天」，白天開不是比較安

全嗎？那些明白的人都笑了。他們說，那深深的懸崖是垂直的，看久了肯定是要發抖不敢開車的。唯一的辦法就是深夜裡因為看不到而覺得不存在，只是緊緊地貼著前面的車來判斷角度，在黑暗中寧可掩耳盜鈴假裝沒有危險的存在。

是的，在無法逃避的危險面前，只有徹底的否認才是唯一的生存法則。這一群人經過了八九年，也許對這一切更明白了。這次來北京一路上遇到許多人，他們是唯一沒有隨著香港的事情陷入愛國主義狂熱的一群朋友，但也只是感覺一切讓人擔憂，只能無語地走在黑暗當中，讓看不到的一切就當成不存在吧。

三

臺灣也有過那樣的時代。我們的青春正盛的時候，剛好就是這時代的最後階段。只是，就像任何所有幽暗的深谷，生存在這裡面，沒有人知道這一切黑暗會在什麼時候結束。你只能繼續走著，假裝任何危險都不存在。

在那個時代，戒嚴的時代一切都是荒蕪的貧瘠，為數不多的存在也都顯得十分的荒謬，我們所擁有的就只能是年少的青春，其中包括永遠傷感的浪漫和偶爾按捺不住的正義和憤怒。

在那個時候，不能討論政治也不能議論當局是一種理所當然的態度，一切威權的存在都好像創世紀以來就是上帝設計出來的一部分，從來沒有想過有可能改變的一天。我們的憤怒，是因為沒辦法接受；我們的傷感，除了年輕而寂寞的荷爾蒙作祟，更多的時候是因為這一切明白存在的不公不義卻是沒辦法有任何的撼動。

因為記得曾經有過那樣的時代，更因為與肇文同一時代的詩句裡記錄下來而不可否認的感情，對這個島嶼後來的一切改變就算沒有參與也必須目睹的這種永遠不缺席的狀態，我們的生命也隨著時代的進展以為還是充滿著活力。

四

認識肇文是剛剛進入建國中學的第一年；或者說應該是我認識他，而當時他不一定認識我。肇文大我一屆，是剛剛卸任的《建中青年》主編。在那個時代的建國中學，校刊主編是一個了不起的身分，特別是對我們這樣來自鄉下偏遠的初中畢業生。當時《建中青年》每年兩期，不同的主編。接任陳肇文主編位子的是王其鑫，後來好像是從商去了，在大陸發展，也是風風火火的。

我自己一個人也不敢太靠近怎麼教人敬畏的建青社，只是連續坐在角落聽了兩場演講。幸虧是王其鑫這位大主編，大概讀出了我內心的羞澀，主動來打招呼，邀我加入了這個社團。至於怎麼認識肇文的，已經不記得了。

等到考上離臺北十分遙遠的高雄醫學院（現在的高雄醫學大學），還在新生訓練的時候，肇文來找我，要我去幫忙編當時急著送印刷廠的醫學院校刊《南杏》，我也高興不用參加新生訓練這些無聊的活動，幫忙編了那一期將近三百頁校刊的美術編輯，也才知道這位學長原來也是在這個學校。後來參加《高醫青年》這個報紙寫的校刊，也是他牽的線。

至於阿米巴詩社，則是自己找上門的。當時也是同班同學的楊明敏，因為是《附中青年》的編輯，所以互相眼熟。他跑過來問我說，好像有一場演講，是談七等生的小說，有沒有興趣一起去聽。我們兩個就這樣跑過去了，現場十來個人就只有我們兩個是新生。主講的人是林式穀，後來也成了臺灣生物精神醫學的大老。他說什麼我不記得了，只記得演講結束以後我們被拉去喝酒，就成為阿米巴詩社的社員了。而肇文也早就是其中的成員。

五

阿米巴這個詩社是個有意思的社團。創社幾十年了，居然沒有停止過。而在這個同時，這塊島嶼的學生一直都有著不同的社會運動，而阿米巴雖然是由完全不同世代的人經營著，卻也剛好都有不同程度的參與。因為是這樣，在學生運動的歷史裡，好像是相當資深的一個社團。

儘管這個社團是一直延續著，骨子裡面的想法可能因為成員的改變而有所不同。在曾貴海、陳永興的時代，一直到江自得、黃文龍，一直都是充滿了本土的關懷。我們進去的時候，整個氛圍也是這樣的，只是多了搖滾樂和現代文學。

在那個時代沒有談太多本省人或外省人的問題，我們似乎也從來沒有想到肇文的外省身分。我自己根本沒有意識到，也從來沒有問他在這樣的社團裡，是否有任何特殊的感覺。也許那個時代是寬容的，就像我們沒有感受到他的差異，而他也包容了我們許多想當然耳的作為。

後來，我自己也面臨實習的選擇了。我記得醫學系六年級的時候，經常上台北就去探望陳肇文，當時他在馬偕醫院實習。那時候中山北路的馬偕醫院，在頂

樓還有一個可以眺望熱鬧夜景的咖啡座，我就這樣坐在那裡，等著值班被 call 走的他忙完回來。一年以後，我也到馬偕醫院實習。

阿米巴詩社的傳統，好像也影響了後來每個人科別的選擇。不少人選擇的是胸腔內科，更多的人可能受到陳永興的影響，特別是他那一本《飛入杜鵑窩》而選擇的精神科。肇文則不同，他選擇的是心臟內科，而且是到榮民總醫院。我也一直沒有問，當年是怎麼決定的。

我們的關係也許就是這樣，欣賞著彼此的詩，還有更多的是彼此的理想和年輕時的激情。還在不同的醫院，不同的科別，但總是有那麼一些機會，每隔一兩年或三五年就見一次面，一起喝酒聊天。我們就像這一個島嶼長大的小孩一樣，在同樣的歷史裡不知不覺地向前走。

六

在這個島嶼，開始在不同城市之間移動，遷徙或者是遊蕩，似乎是不同世代的年輕人共同的成年儀式。

成長一開始是興奮的，就想離開，所有的孩子都渴望著，家裡的門外面那一

切的新奇。但是，這樣的興奮又能維持多久呢？

肇文和我一樣，都是從臺北遷徙到高雄，一個當時感覺十分遙遠的城市。原本只是想要離開家，沒想到卻是一而再地前往，短期之內都沒辦法改變的一種方向。所以當翻開肇文的詩集，看到這樣的句子：「當夕陽唱起最後一首藍調／聆聽的武士正打點行囊／尚未遠去」，就會想起那時候的狀態：最初離開的興奮，在一次又一次的消磨中已經不再存在，而留下來的欲望既是不容易開口的，更是知道不被允許的。

離開是原來的期待，只是沒有想到新的故鄉，卻是一個當年被稱為文化沙漠的遙遠城市，這股期待所意謂的一切神秘想像，很快就感到疲乏。「昨日予我信／一聲問候走過縱貫路／禮貌性還殘餘七小時疲累」。讀到肇文的這一段詩，曾經是處於這條旅途的遊子，都立刻會了解：這個旅程的疲乏，在那個高速公路還沒出現在島嶼上的時代，穿梭在這條路上的每個人都記得，原本是離開的浪漫，如今是擁擠的火車上七個小時的疲累。

成長不再是想像中的興奮，離開也就不是永遠英雄的征途。離開變成一種不

得不，更多的時候像是一種放逐，一種貶謫。

歷史逼著我們向前走，而我們也很幸運地融入了這個精彩的時代，享受了這樣的時代特有的理想氛圍。在那種看不到未來的時代，社會理想也好，共患難的友情也好，每個人各自私密的愛情也好，都成為了黑暗的時代無法壓抑的出口。也許是這樣，《無法掩藏的時候》，這就是真實的我真正活著的時候。因為這本詩集——我們的真實自體留下的自己的聲音。

幸會了，陳肇文

侯文詠

後來我才知道，陳肇文醫師的學生時代跟我有很相似的軌跡。他早我三年進醫學院，我們都編校刊，也參加詩社，喜歡電影、高中時代就開始發表作品……不過，這些都是我認識他之後，才了解的事。

被朋友介紹認識時，他是臺灣心血管疾病的權威。或許基於這個認知，當我拿到詩集閱讀時，除了好奇之外，完全沒有太多的心理準備。

翻開扉頁，與我預期不同的，首先，這是當年醫學院時代的作品——距今將近四十年前，作者大學時代的作品集結。或許年代接近，詩直接跳過了現實表面的繁文縟節，讀著，我一下掉進了自己記憶深處。

當然你不會知道
夢想也是罪惡的一種
在你高高的窗下仰望
凌晨的夜空十分溫柔
當然你不會知道

陳肇文〈愛情〉

是的，曾經仰望的愛情。當時喜歡詩的人都耳熟能詳鄭愁予〈情婦〉中，一個站在高高視窗眺望的情婦意象宛然浮現。

就這樣讀著，年少的歲月與心情不知不覺宛然浮現。

陳肇文醫學院讀高醫，我讀北醫。當年高醫有阿米巴詩社，北醫有北極星詩社，正好一南一北，相互輝映。（跟我年紀輩分接近的幾位我有交情的醫師作家，包括賴仁淙、陳克華、李宇宙、王浩威醫師，都出自這兩個詩社。）

我動手查了查 Google——我的猜想果然沒錯，在阿米巴詩社歷任社長的名單

中，有陳肇文的名字，時間正好介於李宇宙與王浩威醫師之間。（原來是同一時代的文青，難怪有種很熟悉的親切感。）

陳肇文的詩風早慧，浪漫、溫柔而婉約，後半本的作品，幾乎完全是成熟的詩人風格。我越讀越覺得正襟危坐……

隨著編年次序往前走，我一下跨越現實世界理性、邏輯的連結，跳躍時空，被帶到了一場熟悉而久違的夢境，夢境裡，我們年少、善感、多情而浪漫。一切是如此的熟悉。

在窗明几淨嶄新的討論室裡
你聽到擴音器緊急的召喚
主任早已開始他沉默的集體訓話
關於醫療的人際關係與本月用藥須知
而末尾藥廠代表的笑此刻在腦海插播
身旁有人討論年終獎金與住院人數種種

門外對於年度休假的交易亦同時進行

至於你

還有什麼事可做

出來昨天那個十年來罕見的病歷

陳肇文〈醫學教授〉

我花了比想像還久的時間，才把詩集讀完，感覺好像年少時代的生活重新溫習了一次。詩集讀完之後好久，那樣的感覺還在，宛如大夢初醒。

這才想起，**現實世界的**陳肇文教授正在查房，或者，給病人緊急裝著血管支架吧？

忽然有種想重新打個招呼的衝動。幸會了，陳肇文。在年少時曾經的夢境裡，我們第二次相遇。

康永推薦序

蔡康永

詩人陳肇文，看待文字如藥：以溫柔在乎之心，行猛烈撼動之事。他是被迫直面生死的人，知道疾病就是相衝突的兩股力量，在爭奪生存的機會。而詩人對於生命這場疾病，有憤怒也有慈悲，既想刀剖，轉身又要呵護。詩本來就是文字中最凶險的形式，那麼少的字，沒有閃避敷衍的空間。陳肇文深諳此中的艱難與樂趣，這是傑出詩人在才華與紀律之間取得的平衡。

這本詩集是陳肇文的舊作，處處散發著創作者懷抱人生初心的吉光片羽。翻看這本詩集的人，將隨著陳肇文的詩，一起自問那些最簡單，但也最要緊的關於生命的問題：我們到底怎麼理解並且同時感受，我們這一生？

思索是我們所愛

——陳肇文詩作印象

向陽

在近年來輩出的新世代詩人群中，來自醫學院的詩人占有頗為重要的一席之地。其中尤以臺北醫學院「北極星詩社」、高雄醫學院「阿米巴詩社」的詩人為數最多，如林野、陳克華、南方雁、陳耀炳、舒笛、李新久、李飛鵬、王浩威……等均是，他們在研究病理、操刀解剖之餘為文寫詩，大抵都顯現出一種冷靜的知性，又不免流溢出熱情的感性，猶似一道清流，為臺灣的現代詩壇注入了活水。

陳肇文，即是其中一位新起之秀。他的詩作大半發表於《阿米巴詩刊》，這本詩集收錄了從一九七七年至一九八三年，正巧也是他在高雄醫學院七年學生生涯中聞見行思的詩作，同樣十足地表露了一個醫學院的詩人的冷智與熱愛。

而這種冷智與熱愛，又通常湧動於「當感動無法掩藏的時候」。這種面對生命的病死生老、面對生活的悲歡苦樂、面對人生的晴陰圓缺，來自醫學院的詩人似

乎另有異於其他同世代詩人的表現方式。猶如出道較早的林野在他的「藥理實驗室」一文中所寫「在冷漠的黃昏裡，我以血漿完成論文的部分，尚且獨留在闇寂的研究室，思索著偉大的醫學和沒落的人道主義。」一般，陳肇文也一樣地「在寂靜的夜裡思索／這是個怎樣的年代」。他們都早熟地接觸到了生命的無奈，並且基於這種無奈，提早思索生命的本質。

文學院出身的新世代詩人，對於外界事物，往往採取心證方式來從事創作，一有感動，大概即可成詩；醫學院出身的新世代詩人則似乎反之：他們在生命的躍動與停息之間，覩之心驚，發而為詩，已是感動之後繼之以思索的產品了。

陳肇文的詩作，的確具有這樣的氣質。從早年〈藍調武士〉的浪漫到近期〈實習醫師〉的冷澈，他透過詩作、漸近地，由淺入深地探索著愛與生命的課題。從獨自的感傷到醒覺的諷嘲，陳肇文藉由逐漸強化的理智，來處理他無法掩藏的感動，愈到近期詩作，愈見成功，而又特別集中在處理醫學、社會兩類現實題材之上。

我很高興有緣成為陳肇文詩集的第一個讀者，也深覺在他這本詩集中浮現出

來的冷智與熱愛，或許應是八十年代詩壇值得參考的課題——對陳肇文來說，這本詩集只是他的第一次演出，但是對於多年來擾攘不停的詩壇而言，更冷靜的頭腦與更寬濶的胸懷，卻仍然值得不憚提醒：

因為思索與靜靜的夜都是我們所愛
當感動無法掩藏的時候

目錄

推薦序

不知不覺中的真實聲音　王浩威　1
幸會了，陳肇文　侯文詠　11
康永推薦序　蔡康永　15
思索是我們所愛　向陽　16

第一輯

藍調武士

一九七七－七八

藍調武士……2
回信……4
湖中之島
——烏山頭遊記之一　6

第二輯

理論派的下午

一九七九

我的節目——烏山頭遊記之二 8
外台戲 10
歌手 13
報導文學 16
坐晚 19
長巷 20
給你 24
夏晚 28
臨風的梧桐 30
紋身 33

第三輯
狩獵
一九七九

獻體——解剖室手記……36
理論派的下午……37
雨後……41
對坐……43
渡……45
書籤……47
狩獵……52

第四輯 浪子街頭

一九八〇

浪子街頭……60
新水初沸……63
傍晚小立……67
水手……70
側面七首
眉……74
頰……75
鼻……76
髮……77
唇……78
耳……79
眼……80

第五輯 無法掩藏的時候

一九八一—八二

問佛——給吾友之一……81
等你醒來——給吾友之二……84
悲劇電影……90
錯失……95
秋日對茗——給我無怨的朋友……99
等待・一九八二……102
夜曲
之一……106
之二……108

第六輯

草莓果醬

一九八二—八三

之三……110
無法掩藏的時候……111
愛情
之一……114
之二……115
之三……116
墾丁……117
山風也要停息……123
川端康成之死……130
草莓果醬……134

第七輯

廣場

一九八三

忠烈祠——給一名歷劫歸來的地下工作者……137
政治犯……141
醫學教授……143
實習醫師……145
畢業舞會……149
廣場……152

第八輯 三十五年後

同學會㈠如果……160
同學會㈡曾經……161
同學會㈢不是……163
同學會㈣總有……164

附錄

測量謬斯昔日青春的心跳　解昆樺……1
後記……13
後記之後……17
創作年表……21

第一輯

藍調武士

一九七七—七八

藍調武士

當夕陽唱起最後一首藍調
聆聽的武士正打點行囊
尚未遠去

想是來自遺忘過去的地方
怕什麼沉淪
抽出腰際一隻劍
不斷殺黑暗
只是臨別的揮舞
挑戰夕陽

長長地燃燒
乾竭之後
乃殺出一身血
滴落歌聲不到的土地

於是霞開始哭泣
風吹來溫柔的最後一句
歌去
劍亦回鞘
一曲藍調已雕成一串珍珠

回信

昨日予我信
一聲問候走過縱貫路
禮貌性還殘餘七小時疲累

想是臨時興起於蘊釀的產物
喝酒的衝動劍般銳利
他乃殷殷述說自分手以後
不過一碟
故夢靡著甜得青澀口味
其實我從不挑剔
酒過三巡自成朦朧山水

耽於甘醇的舌必將倦澀交予醉眼
從來酒意脣最濃

（也許試圖用一束纏綿將我綑住
他只重覆回信的必要）

便揚起三尺長幅沾酒舞墨
想在南方風和日麗的日子
要這麼告訴
愁予的步子走遠
哀悼古老神話的殞沒
是冷靜遙遠與無可奈何的慶幸

湖中之島

——烏山頭遊記之一

湖中之島是我心中的城
如此地小，如此地遙
燕子也累得揮不動翅膀，在水邊
苦苦地叫
如何渡？如何渡？

我住島上小屋
鎮日眺望，見不到
　一隻鳥
一朵雲

一絲水波興浪

偶爾眨眨眼替季節換幕
流浪的日子，荒唐事
也是揮不動翅膀
如何渡？如何渡？

決意走到岸邊踏沉那小小蘆葦舟

顧不得西風吹老
已是南歸時候

我的節目

——烏山頭遊記之二

當雨這麼落下，營火還在燃燒
不過一陣輕煙，笑語隨之停息
好像喧嘩是一種心情
說起未完的故事
總要無聲地嗚咽

怕聽悲哀的人們紛紛離去了
空盪的廣場便是空濛的美

雨珠從面頰滾落一串晶瑩

青煙佇立火上
為我哭泣

外台戲

是月圓時候
總有什麼節慶
流星也三三兩兩趕集去
唯我獨自靜坐
伴一空罇
把等待飲成享受

晚風拂我亂髮似撩弦
禁不住的喧嘩輕輕催促
去吧！去吧！
便假定一陣掌聲響起

而額上皺紋不見
縷金的垂幃掀起
時空是穿戴說唱的遊戲
走幾步
幕前幕後踏破五千年
台上台下不過人生
我也叱吒風雲
（扮空城但看孔明神閒氣定
楚漢爭霸王項羽哪個能及）
乃是一種過癮
劃開已塵封的記憶
哎！再乾一杯吧！

為我斟上
枯瘦顫抖的手
在這出馬前夕最好舞劍

待一切準備停當

夜將老去
且在幕後小酌
有齣戲尚未開鑼

歌手

用拂花的手撩起尖銳吧！
你聲嘶力竭地喝
那是把俊俏流線的吉他
紅紅綠綠染滿了你的身
就這麼向天傲嘯
高高　你站在台上
讓氣韻在華麗的吊燈間
迴盪
而四周投以不解
那眼光寂寞了你

晚間九點　正是最熱鬧的時候
用拂花的手撩起一切吧！
當然你知道低下頭去
撥弄琴絲像努力彈著心弦
也不管台下人們吃喝談笑頭都不抬
或許還嫌太吵

一動不動
讓燈彩打你成青青紫紫
也有幾聲男男女女的
浪笑想要應和
只好搖擺身體　左右閃旋
你聲嘶力竭地唱
叫鋼琴敲打不停

憤怒的喇叭四面大吼

遠處
黑暗昏沉一個角落
隔著人影起起落落
還能清楚看見你扭曲著的紅紅綠綠的臉
不禁想起
什麼時候　你會走下台來
和我斟杯酒
看看　再看看
這個世界

報導文學

最深的隱傷了
以笑聲代替鄉愁
或者你不願相信
在你的說話和鼾聲
也有那種持菸的姿勢

顯然離家太久
泥土成為幾個符號所象徵
翻開一本書
密密走著提醒的句讀
原是聯想力充滿

你多年來曾流淚的頰
輕輕合上封扉輕於闔上双睫
也是沒有故夢的你
不曾眨眼

容許我，這樣說你稍嫌武斷
並非感傷的罪過
家本身很抽象
對成長的盆栽而言
我也同你一樣
這才是潛藏的原因
（經過解說相信你不會介意）
其實憤怒也不是你能表現的
我知道

和喜、哀、樂
那些我們都已退化

所以別奇怪
只是一份記錄
一個有關泥土、家、你或盆栽的報導
（不用計較有什麼感情）
在文學講求實用的今天
它也可在報紙副刊落籍
當然你是同意我的
我始終知道

坐晚

完美乃傲笑
悲劇一種只能小丑
必也無語是我

而後
坐在門前
望來去一季
夕陽，是寧靜

長巷

來自遠方的過客
昨夜落下
灑於敞開衣襟
化胸前雲煙
思維以蒸騰之姿
自口中湧出
血熱的胸膛

天色暗去之後
風匆匆歸來
從衫領穿向背脊

涼意遂如夜夢
遁走朦朧的眼旁

我跨過長巷
比較淋溼的霓虹
企圖肯定
寂寞之於人群
不因遙遠的去向
緣於不同的歸路

第二輯

理論派的下午
一九七九

給你

之一

便不知如何瞭望
面南的方向
罕有綿密滴落
臨睡時習慣格外清醒

風吹得很短
話語聲音很暗
並行走很難看清彼此的臉
來自北地窗前

昨夜有雨

悄悄凝望是曾經
數著步子走一小時又五分
雨漬裡星星最亮
試圖勾畫交換的光
街燈或者眸子的方向

白皙是你

而我輕輕
碰觸是震顫的手
使力持握呵護一種
並以本色黑黝

仰身鋪影為毯
然後伸一個長長的腰
容你安然走過

之二

回來時
雨第二度
問歸去的心情
兩旁椰子靜默
蒼蒼的姿態不是白天
待我駐足

也以靜默姿態降落
洗去你眼中疑慮

夏晚

用天缸青染一盞燈
梅雨走過
思念開始燥熱

風習慣性喧嘩
椰子樹傾倒成娉婷
我撥散一束綠意
責問遲歸的陽光
怎樣逗弄
街角走水的孩子

陰影會慢慢強烈
給予一些明顯的暗示
讀茶
讀詩
讀所謂梅雨
除了將案頭書歸位
近晚時候
遂不能做什麼
也好坐在窗邊
牧放一只風箏的思念

臨風的梧桐

臨風的梧桐
今晚我悄悄走向你
趁天色還未全暗
風一路送著我
到冷清的岔口
你站定遠遠看我
以色盲的眼
怎樣辨出綠徑
怎樣來自悄悄

假設耀眼是你新青的葉

並不拒絕招手
表示莊靜的微笑姿態
便慎重了我的步子
校對地圖方向
並思索身後灰影斑駁

輕輕走不要驚響
路還長
天暗去後恐怕會下雨
想像你靜默凝視
不聞蟲聲喧嘩
想像熟悉氣味
以及一種姿態於
梧桐的覆蔭

•

今晚我悄悄走向你
印證深埋的根橫錯
因有圓潤的葉
篩過沙沙夜雨
習於遠看
原是風吹月光成網
捕我眼中盲點

等待今晚雨起
滌我鬚眉亂髮
也好向你坦然走來
一問臨風姿態

紋身

舞一把青鋒的劍
離出存在姿態
你的笑容
為我紋身

那麼清醒的痛楚
以及血色圖案
敷以油彩之前
肌膚顫抖
試圖扭曲靜默的面頰
成一生決然

鋪陳一首歌
於胸腹
青色的芒化為青花
緩緩綻出
貼身的印記

許是胎記一種
不得
伸
手
撫觸
拿捏你之笑顏
掌握雙刃
重時血滴淋漓

輕時直鋒貫穿胸膛

不如待我僵冷
血盡之後
也好造就
天地最最潔淨的紋身

獻體

——解剖室手記

望著我皺縮的手
望著我
一雙浸在福馬林裡的眼睛
皺縮了一身的他
企圖向我指認
靜止的歲月
生命裡有過的痕跡
是如何從滿布皺紋的額
來到我皺縮的雙手

理論派的下午

隔著一條街二條街張望
純粹的藍在空中燃燒
正在協奏的柴可夫斯基的
心情，十分華麗
或許還有些悽怨
鄰旁鐵工廠裡
生活轆轆地打轉。小提琴
低迴的聲音
試圖向椰子樹躍動的綠傳遞
極富技巧的生命
全然真實地

鐵鍊磨栓聲浪相當有力
粗獷而無所謂抽象

恐怕誤解了
我有良好的分析基礎
善於詮釋樹的姿態雲的習慣
詮釋生活，使它平面化
並很會寫信
以理論派的眼神
隔著一條街二條街張望
自顧自地緘默
假設噪音中一種寧謐
傾聽精緻的古典音樂
間或思索金屬敲擊的象徵意義

畢竟少見這樣的藍天
端坐著像劇院開演前
鐵槌或定音鼓
等待一雙善於詮釋的手
如期待
於一個樂章的高潮
疲倦於一段乏力的評述
而雲和樹是不懂的
學徒們不懂
我也不懂

隔著一條街二條街張望
隔著一塊看不見的幕
一齣滑稽的歌劇

下午是很莊嚴的
因為交響樂之故

雨後

天空的際會散去
地上的市集起了
幾家棉絮在椅上閒談
洗淨的雲很白很亮
柏油路躺著歇息
年紀大張羅不住滿面的
砂子、孩子
水窪比鏡子還刺眼
陽光跟著收破爛的
板車擱拉擱拉走
小巷那頭把影子圍攏

也想打點打點
收走這雨過的午後

我
一人默念
北地晚茶苦澀
扭亮案頭的
大體解剖學

對坐

走出山坡
最後一道稜線之西
蕪寂是泛濫的陰影
為你圈半畝隙地
月輕沉
溫柔的眼凝視
額際舒緩瀏海
晚起的雲紅
點開一片嫵媚

風來尚早

山之靜坐
面龐低垂淺淺
俯視日之白鳥
悄然橫過
來自樹林深處
霧氣曳入
瞳孔

遂渲染你蹦出的燦爛
成我胸中山水

渡

讓我渡你
引接遠古的源頭
領一條蜿蜒的路
兩旁枝椏相坐
梳過陽光細髮
空氣純得幽蔭
可以諦聽
青石板下琤琤流水

千百隻臂膀擁伸
雲煙之前

攜來松濤日影
山色匆匆
此刻為你舒解

向遠望深邃一線
穩穩地走
承接你輕曳身影
融入之後
我把畫面伸長
以心律脈動
風的呼應
搖起一腔綠意

有落葉深陷你的步伐

書籤

埋身其間
兩側扉頁壓我
扁扁成一朵固態的雲
散過又凝結
幻千種姿態以下降
曾經都是
沒有銳利的爪
走馬看花，也沒有
耳目，落腳時
緊緊撐住
單薄的身子，切膚感受

野地初隱的脈動

文字以雀鳥之姿
　低飛而過
將不耐啄成片斷集錦
於是戳記四季
以為日後引證的憑藉

自況於候鳥
我本天生的漂泊
忙碌且不由自主
註定將一冊冊吻斷
並為你加朵逗點
如此寥寂的天空

遂奔走於熨金布面
晨曦與夕陽如此
驕傲，執守於永不結束的
輪迴，且純淨代表無知
匆匆行過這如歌的行板

⋯⋯⋯⋯⋯⋯

當天空晚成一部歷史
你倦於翻動的手
也會順帶在我身記下
做為一生的定評

第三輯

狩獵

一九七九

狩獵

追蹤你，逃亡的月
攜帶我親手編織的網
束成一把弓
追蹤你
且定定的瞄準

星星們嘩然而起
右邊、左邊
一叢叢零亂的足跡
企圖為你掩護
竟然如此潛行

也不管羞紅的頰
此刻扭曲地張起
一面鏡
鏡裡最技巧的恭維
最聰明偽裝是你
完全客觀地將景物重現
學淑女高貴的無知的散步

追蹤你，以童稚的眼
窺這齣獨腳戲
煙霞墜落，風塵
横向你
此一角度有最禮貌姿態
無比從容地

震懾急切尾隨的腳步
於是潛行，如此優雅的逃亡
胸中的獸蓄勢沉沉
躁極而冷是我銳利的眼
數度變換方位
指向你，先於弓弦的箭
依仍冷凜

朝天邊馳去
速度的亡軼看不見摸不著
一道光突破封鎖魔障
迸然成網
眾星齊聲驚叫

啊！獨遺下
你之白熱化

遲疑地笑著
這整塊天地
對我凝視
以一顆孤獨的略帶傷怨的
眸子，對我凝視：
就將力盡
蹣跚的步子踽踽獨行
你晃動著身子
昏染一片
而四周極其勉強地嘲笑
遲來的風呼吸急促

不知是興奮是得意
是習慣性空虛的印象
緊張了收網的手
所謂顫抖
足以耗懷中酒半壺
餘下的且讓你暖暖身子
還堅持如此高雅的姿態

葦草沉默
風疾疾塑成青黃浮雕
路人在山野
連袂而去，你勉力站起
八方簾幕圍起
蒼白削瘦的肩企圖承載

必然慘重的傷亡

等待黑暗像潮水一樣湧來
撩起的血絲如珊瑚
觸鬚疲憊傷痕累累
容粗糙的手輕輕安撫
胸中這匹獸
且摩挲幾道冰封的紫色疤印
快快走吧！你
童貞的身子
再不要打擾我獨寢習慣
幽然轉醒之時
已是多年後陽光午後

每夜月逃亡著
再度展開追蹤
瞄準、精確地捕捉及釋放
溯自每一個月來時
閃閃鎌鉤都將我寂寞的獸
深深刺傷

第四輯

浪子街頭

一九八〇

浪子街頭

離去的時候
輕輕地歎息將我喚住
便是他欲語的眼神
像哀惜一個浪子所抉擇

爭執是那日
僅著一襲薄衫痛飲街頭
年少廿
十月正適合紹興
愛情、政治最好助興、辯論也是自然
過往的人們不知

幾分醉意的必要
早時接信總說一分遠方的震驚
遂有人指責我年輕的矯情
並以傲白的花髮作證

「其實是感性的，
無妨什麼」
必然他將失望於我的坦白
不能駐足太久，我說
「善飲的孩子，你原是紀弦信徒」
告別另一種牽絆，與他
棕色眼光
酒意初起時不宜回首
也好這樣

一路唱回去又何妨

什麼的什麼是什麼
以及什麼
我便什麼也不是
只有一趟山水過後的沉靜

新水初沸

（唱首歌可好？
曾經死在我們心中的
必定活過
這一天，當新水初沸的時候）

夜色互相擁抱
我們背向而臥
一人月出，一人日落
星星在窗裡張望
殘缺的聲音
在誰瘖啞的喉嚨，砂磨出

黃昏細細刺痛的粗糙
高音斜斜切過
低沉處薄薄延展
力盡裂成血色的斑痕
一段長頸弓伸
截成滿弧期盼
是淒美的腰身越張越緊
越顯誇張地曲折

拍打一匹小河
輕輕的風，淺淺的水
涉過
相背的面龐，不見
黑髮融濃染影成岸

我也順流撫下
有意煨平勉力的震顫
而體溫未能舒解
熔熔的舌不能冷冽

山稜相對圍坐
殘雲靜止於額頭
四肢為黑暗所浸沒
來不及潤溼雙脣
傾聽，我們撮頰為哨

（我們背向而臥
一人月出，一人日落）
寂涼籠下之後

把沙音柴劈
將有火自我們間升起
可以照亮

走調的時空，可以
燒煮古老的流行
唱首歌可好？
曾經死在我們心中的
必定活過
這一天當新水初沸的時候

傍晚小立

（此刻有一千匹流水急馳
我心如樹葉風放）

街道還青
南面的天色不晚
眾山隱沒之前
就是黯淡這一會兒

這樣極難思考
在半掩的門內張望
口袋零錢不多

而路分兩頭
竟無所謂方向
唯一正面為對門深鎖
晚風先來
叩擊分流相激成漩渦
人聲紛紛墜下
自兩側揣我其中

何妨佇立片刻
轉念時頓足沉身心底
陌陌來人
緩下腳步可以投之微笑
行色匆匆
則注目以禮，表達

善意的思慮
長巷在霧暮淡出

晚飯之後
我將思索左右的十字街口
轉角處
何者可以前行
在曲折中尋解
夜色安定後
青色的身影將如何平緩地
落下

水手

以矇矓的眼輕揉海浪
天邊送風的手
為我招魂
試圖迎向嫣紅霞靨
鳴笛來自遠處
指領出航的方向
耽於陸地的水手
再難歇息了

也有寬廣的視野
這裡，多風的草原

有我留不住的行腳
每夜，星星在天空眨眼
喚起習慣性波動夢囈
而我沒有圍柵的牧場
　收不住的愛
鎮日在山間浮盪
那是難以消磨時
眼角飄散的餘光
偶爾回首張望
曾經散落的種子
是否已有綠意
幻想以常綠的姿態
站立紅木屋旁
學習掘石汲水，盤根錯節

伸以老枝濃蔭，笑語覆地
探頭遠眺
隔著山丘一落
還能貫通藍色的血脈

天涼時草地都要風黃
感慨且放情懷
看雲向山收
來人行色匆匆
也好大步跨遠
背山面海
臥成一片木痲黃
吞風歃雨，待冬盡
呵護這一季溫柔

這樣地遷徙終是沒有盡頭
只能默默地聯想
任季節四處流浪
沉身的錨未曾碇下
臨去時寄存酒館
不能久候

遂抖落一身星塵
散去新飼的白鳥
水手刀還只初鏽，無妨
重啟箱底男兒夢
出航前
再買一次溫柔

側面七首

眉

繫一條有稜有角的神氣
英雄出於年少
天命不可違
揚起你的身吧！
失鞘的劍向誰？

頰

捱過時間的巴掌
捱不住荒蕪

沼澤已入秋
弄碎夕陽金影
初青的你風裡淡然

鼻

不訴說溫柔
偏光的弧度猶疑著
拉成滿弓後
此去完美多少？

髮

為我留一個名吧！
為我坦然
為我放縱你的身姿
為我愛
不要太服順
像海浪一樣
你是自然裡最最驕傲的起伏

脣

置身風雨邊緣
生命第一道坐關
不要憂我
以長時相擁
　　短時離分
你多皺的額
將如何校正我兒時逸失的啼痕？

耳

請微微鼓動
在傾聽之後
有風自山間趕來
那是心內凹下的谷地
有人揮手，張一面大旗
有人正急切地敲打你
要一段進行曲的旋律

眼

非驢非馬
第三種角度看英雄
——將進酒
　　欲飲還無？

千古之後有人在史書上找你
且用力將你擦拭
照我汗顏

問佛
——給吾友之一

讀佛讀禪
我的朋友，你
也讀一些山水

每星期總有兩趟
你穿山歸來
回到塵囂的台北
又走進自己的世界

記憶彷彿是許多年前的事

許多煙霧繚繞，樹椏挲摩
還可聽到
點點滴墜下來的
風雨無聲
你的心是細索的炭火徐溫

問一遍生死大法
朝來夕去，苦樂如何？
總有些是我們不能參透的
僕僕山道
星月有否輕聲細語
仔細為你解說時空的奧祕
或者殷殷垂詢
每次你帶回的

幽遠、深逸，是如何
落實在我們苦海無邊的人生？

等你醒來

——給吾友之二

朋友，請輕輕入睡
請　輕輕
走在雲寒風薄的清晨
山和雨剛剛對話過
我們靜靜諦聽
還有著舒適的慵懶
灰褐的眼迷濛了
星星若隱若現
看你橫手額前仰臥的姿勢十分古意
黯藍的天披一襲青衫

衣襟舊洗得泛白
你的愁思很有些書生本色

五點過七分
請輕輕
輕輕舒展你扭鎖的眉
徹底未曾闔眼
雞啼自遠處
這晚上我們斟酌盤算
定奪一生大計，行止如何？
三更燈火五更雞，隔鄰也是
苦讀的現代書生
八方風雨趕赴唯一的出路
好不好就這樣割捨？

此刻，風不急
天亮前還可睡一會兒
請輕輕
輕輕地放下
請柔情鬆解你緊閉的眼
一個坦然的夢

天色豁然開朗
才從苦苦的思慮走出
微曦的臉一片平和
聽到走販鈴噹，鄰婦打蛋煮粥
敲擊十分堅實
六點過後
你翻過身

均勻的呼息已無困惑

那是個怎樣的年代？
也有人竟夜不眠
望日出慨然而歎
「你莫要傷感」，他說
「淚必須為他人，不要為自己流」
我掩卷獨坐
思索歲月遞嬗，朝代替換
長夜的風如何變更方向？
在這猶有古風的早晨
青亮的光推窗而入
人們相繼而起
或可模擬來日典型

等待你
看著你
等你翼翼然從亙遠的夢中醒來

第五輯

無法掩藏的時候

一九八一—八二

悲劇電影

像電影一樣
我們有一個離了婚的孩子
做為見證

曾經鬧過的街頭
曾經風裏的髮
深夜裡歸來的心情
曾經下降的霧
曾經在上樓時諦聽
　一絲心虛
幾許莫名喜悅

而做為見證，總是
最最茫然地啼哭者
亦最最真實於床的陷落

像電影一樣
喜劇忘得快
悲劇感人卻最惹人
終了時掛住淚紋
微笑且還握冰柔雙手
看你如何優雅地
拭眼，又如何
悄悄低下頭去
洗淨雙頰妝粉
回歸生活本色

而所謂見證
窗外霓虹明滅
以此刻柔情滿懷
瀰漫你所有睡姿
幻千種容顏
默然飄逸

疲倦地擁臥之後
晨曦裡最後一次翻身
如午後陣雨一樣趕來的
孩子，你甚至不能預料
喜悅的期待怎樣終止
於一部悲劇電影的散場
由自生命裡最親密的結合

此刻扭成
背向時唯一臍帶
牢牢繫住
幕啟時渾然忘我的軀體
幕落又各自寒透

像電影一樣
我們也有離了婚的孩子
做為見證，一種
曾經成為默契的姿勢
奔融於血脈
等待冬天來臨
季節性割腕習慣
或將喚起

你我本性裡嗜血的衝動
珠淚無聲無息毫不猶豫地滴下
那是悲劇散場時
殘餘的矜持一地
滅頂於渴望溫暖的人潮

錯失

靜坐而傾聽
你明亮的眼神
七月放燈節裡流離的燈籠
當脣齒駐足時
宛然飄逸
這夜河岸很長
任我不經意地捕捉
流螢紛紛
在片刻沉默裡洩露
左睫眨過右睫，也是
如許柔美的夜色

喧嘩來自身後
不欲向岸邊靠攏
思緒與情懷分流，此刻
企圖辨認
款款姿態
是否有我錯聽的聲音？
是否——
這猶疑來自以往
浮沉於眾人之間
很難拒絕燈影將你渲染
如有些蓬鬆的捲髮
會流動的嫣然
而音樂是即興的
自從那年燈籠鐫上名字

靜默便開始了
等待不知情的晚客入座
我在河邊岸等著
一場嘉年華會的開始——
讓我們假裝不知
目光在水面泛放
凝思或憑弔
一點點的失神，以及
那散散聚聚的水燈
總要走出這不自知的世界
燈火通明時樂聲戛然而止
向我道聲晚安吧
今夜一如以往
夜深得正是時候

左方有人在歡送
再見面時我們還要
微笑寒喧點頭致意

隨星散的人群我起身
離座隱入茫茫夜色

秋日對茗

——給我無怨的朋友

那天來我們對茗？
聽樸樸的水聲和秋天唱和——
傍晚時候
冷冷流動的空氣可以稍緩
我們楓紅的面頰
心事談不談都好
和遠來的山色一起沉默
碌碌生活為的也是沒有打擾的平靜

呆呆地冥想也無妨

日子愈走愈早
開水沸前，自會輕輕地撲打
提醒晚夏的新茶
是否準備停當？

我們淺淺品嘗
有些不安的心情
不知自己為何而苦
　南風悄悄偏北
陽光輕身欲去
歲月舒捲沉浮
茶過三巡，便味涼如水
或許還想站立此刻
選一個寬廣的視野

看看天邊潮汐
是否可多留一會

不要就急著點燈了
秋天還不算晚
再把開水燒上
等夜色緩緩淹沒
我想問你情感的滋味——
有一股苦澀的清香在咀嚼茶葉之後

等待・一九八二

——倦鳥低飛
夕陽遲歸的心情
向你泛濫——

以髮觀測
演習的士兵悄悄
把臉埋在夜的大衣領子
腹部蒼白最敏感地帶
可以覺知

來人啊——
天空未燒紅以前

黑暗裡都一樣
學習向對岸伏進
有所謂二分｜逼進｜法
理論上存在的姿勢
還待修正
是朋友還是敵人？——
如果能跨一大步
也不必如此蠶食著逼進
盲目且全憑直覺
俯臥的身子
疲憊更壓低了
險些攤成愁思的網
憂慮著如何仰頭
拉起失速的墜落

黑暗裡都一樣
這晚風吹草地成戰場
演習的士兵悄悄
低語，和做愛一樣
隔壁有人在叫喊
這是個殺伐的年代
地平線匆匆奔赴
迎風時唯一方向
野鼠在田野張望
看一場戰爭的緣起
求一個自保希望
燃起一支「長壽」的火光
我們悄悄

清點潰散的行囊
聽哨子呼嘯而過
等待一顆照明彈
　再一次廝殺

夜曲

之一

那是株什麼樣的植物？
那是
　　我悄悄回到午夜的車站
　　有人在擁吻
　　告別，有人說
　　定定地站著枯萎
　　跌坐如一叢灌木
我只想把頭探過

去看看公路那頭
來時的天空，是否
有所謂落地生根？

之二

一樣別離的故事
今夜，雨來得遲
還是讓我
這麼送你，在來時的路
　來時的你
是否有些遲疑？
矛盾的雷雨下了又停
睡了又醒的是你
該走而未走的心情
淅淅索索地落寞下來
　落寞的你
是否也有些遲疑？

一步便跨過欄杆
五月的天，朋友
有風正急急歸去
壹點零伍分
再向你道一次晚安
候車的旅客都倦了
倦了的你
是否還有些遲疑呢？

之三

至於風雨燦爛繽紛
死去而還未僵冷的
便悄然偃臥
升起，我心中蠢蠢欲動的情懷

凌晨三時的天空
流浪漢怪異的眼神
沉靜而有些混亂的
遂不得不承認
默默巡逡的警察
已將竟日放逐的浪漫
徹底禁錮

無法掩藏的時候

我們總愛
在寂靜的夜裡思索
這是個怎樣的年代
怎麼思索
是否也有諦聽的聲音

也許歷史曾教導了我們什麼
對或錯之外
沒有歸檔的青春
不過是偶然的遺漏
我們總愛

把它演繹成浪漫的聯想
安身立命其實並不太難
我們總愛
站在遠遠的街頭
放一個帶線氣球
比擬風箏
還有回收的一天

讓夜靜靜地質問
我們總愛
一群孩子般打打鬧鬧地相伴
沒有分心的時間，或者
扮一個鬼臉

在冬天來到之前
等待日出的答案

因為思索與靜靜的夜都是我們所愛
當感動無法掩藏的時候

愛情

之一

當然你不會知道
夢想也是罪惡一種
在你高高的窗下仰望
凌晨的夜空十分溫柔
當然你不會知道

純粹的企盼如星星燃燒
神秘的眼睛獨自在靜止的時空中哭泣

之二

可以親吻可以愛撫可以說愛你
可以溫柔
吾愛，今晚可以？
愛你是件辛苦的工作而我樂此不疲

之三

請不要哭泣
在我走之後，請不要
為我哭泣在深深的黑暗
看不見強顏歡笑的臉
我輕輕的腳步生怕
驚醒你，請不要
讓我這樣默默離去
並非因為別離
逝去的歡愉總是令我哭泣

墾丁

夏天的海灘逕自喧嘩著
人們無所謂懶散忙碌著閒暇

在窗前我靜靜想望
一個多風的下午
變換不定的心情
彷彿生命的眼睛正眨在
藍藍海上
身後有綠色草原
曾經驅車直上
高高低低的小路起伏

記憶竟倏然終止於
山腳突兀的瓊麻

突兀的生命突兀的旅程
那年在海邊歇息
突兀的進入體內
一隻七彩斑燦的大魚
驚歎而顫抖著讚美
甫自午睡中醒來的
我們在海潮中擁抱
沒有太多喘息
海浪輕輕地撲打
貝殼們不斷湧上
連綿的雲從天際掩至

重重覆蓋住疲倦的我

夏天的海灘逕自喧嘩著
難以辨聽方向
從南邊的天空看到北邊，九月
目送著海鳥隨她回到城裡的家，十月
城裡的生活自有其固定的形式
難以拒絕每晚的邀宴，十一月
難以拒絕懷想
難以想像月光是怎樣親吻著她，十二月
每晚，
那魚從我們腳間游出
沿著起伏的草原
穿過濃密的木麻黃

休憩於多骨的礁石
人們無所謂懶散忙碌著閒暇
我們相互擁抱
當燈火熄滅之後
她將薄被輕掩
把精緻的玻璃缸放回高高架上
盛放整夜的海水和星光

而我總在懷想
夏天的海灘逕自喧嘩著
傾聽生命的澎湃隱隱脈動
不忍驚醒她
自從逐漸隆起的小腹
那魚便悄然而去

獨自走在細白的貝殼砂
遠處有人在衝浪
第二度回到這裡
山上有海底的化石
草原的那邊是沙漠
遠遠趕來的遊客第二天清早離去

每日，在她雪白的胸脯
徒勞地尋找著
生命，我們是這樣困惑地衰老
衰老於一種慾望之不再
而山水是辛勤工作的
總是，總埋首案前
企圖寧靜的創作

走著走著
我走著來到
浪頭沉下的地方
放下懷中精緻的玻璃缸
清澄的海水充滿
兩腳間多麼舒軟的陷落
遂俯身沒入
一種驚喜
驚喜於熱帶魚七彩斑斕漂流的國度

山風也要停息

有時山風也要停息
想你，一片寂靜的水面
而海潮是半透明的
心情緩緩流動
在一個濱海的早晨
急速飛過
幾隻翻白的候鳥
曾經這麼優雅地
你曾經愛過
沒有入冬的山谷
綠意都湧向面海那方

我們在山上看海在海上看山
有時山風也要停息
不知道與生而來的自然
你猶豫著
血液澎湃究竟被誰所影響

海上的日出
山上的日出
太陽落下之前
總要和月亮交換方向
我們交換彼此的信仰
想你，多麼遼闊的天空
而星星是可變動的
隨著季節我們有不同的對話

有時山風也要停息
落腳總是固定的地方
你曾經厭倦
像徒勞往返的燕子
無心欣賞熟悉親切的風景
即使焦慮又為了什麼
人們並不在意讓感情流放

秋天楓紅整個山谷
夕陽在海面漂逐
顏色牢牢地網住，你
不能掙脫的身子是天地間唯一盲點
快快駛去
也不用怕

熟悉的氣味將止於
你我，沒有外人得知的祕密
你曾經懷疑
深邃的眼神是否欺掩了
而大海是令人迷惑的
只有我們知道
那裡是辨識的標幟
入夜便是靜止的時候
便是一種思索
山與海無盡的延伸
何處將脫離你我的航線
沒有人告訴
為了什麼，這趟長途的跋涉
如果山是靜止，海是流動

如果山是沉默，海是喧嘩
如果我持續不語而你哭泣著爭論：
「既生而為人則必有其扮演的角色」

試圖走在山海交界的稜線上

有時山風也要停息
海潮也要盤桓
長長的旅程也不是必然
決意抗爭重力一種
想你－想你－想你——想你——
在失速的墜落

（沒有人告訴我
為了什麼這會是趟孤獨的行程！）

第六輯

草莓果醬

一九八二—八三

川端康成之死

還是在死之前完成吧！
淒美一種，來自未能降盡的雪

今夜恐怕還是要下的吧！
坐在窗前思索
感覺從遠遠山間泛濫
被雲靄壓低了的心情
禁不住一聲喟嘆
那麼細緻的溫柔，那麼
還是不說了吧！
輕輕拭著淚或木然躺著

抽煙，在冬日的上午
莫名的感動中也有
澀澀的濃醇中也有
青煙的無奈只是淡淡地

也許他還會來的吧！
對於一種纖美的寄望
不能稍減宿命的嚮往
恐怕是信仰般的愛慕
那名女子，離去彷彿又不曾離去
這個地方，來過又還要再來
一樣心情只是老了吧！
昨日有人來通報
一張不知名的面龐

傳言容或也要讓它淒美些吧！
曾經那麼令人感動
一張已經式微的絹印
晚冬的雪就這樣降下來了

他死的時候沒有說什麼
也許還會再來
那麼古雅的典型
總是端正地坐在榻榻米上
執一種禮，一種傳統深遠的禮
靜靜傾聽陽光和晚雪降下的聲音
還是這麼溫柔的
輕輕地喟嘆，輕輕地
若有若無的情愛

還是不要去澄清它吧！
因為美，在深深鞠躬的姿勢裡
離去的決定就在一剎那

再去看一遍松吧！今夜
那名女子會在火光中墜落

草莓果醬

季節的嚮往將不止於每個沒課的午後。我們攤開蒐集的風景明信片，厚厚的冬陽把它烘就，一塊略略焦黃的奶油土司，供你充飢，只有一碟甜甜草莓果醬，不能讓你感動，每小時插播一次的新聞報導，無妨你的思考，一個過時的校園政治事件，發生的時候你並不在場。

（熱情改革的大學青年試圖向權威挑戰原是多麼豪壯企圖證明自己的力量）

當然不會知道別人的談話。上課、下課專心看報，「是什麼好大喜功的速成教育？」、「可笑的選舉裡到處是可恥的幕後安排！」，請不要太激動以免影響別人，然而你可以想像，餐桌的另一邊，空置的咖啡與笑語，有人正注視著你，翻開的書正

朝上。

（由時代啟發的一群默契青年有計劃地開會討論樹立自己的立場，所有的理論都出自書上）

很少爭執很少疑問很少人向你招呼。適於隱藏的地方，我們看書發呆或冥想，生活是沒有封套的，唱片一張全看你怎麼播放，怎麼播放。怎麼想？如此單純，一碟草莓果醬，如此單純甜美的期望。

（期待喚起廣泛迴響一種意念的掌握需要匯集力量一切都為了自治自決的信仰）

我們相信總有那裡屬於校園的延伸。廣闊的草原不止於，一張風景明信片的聯想，同樣湛藍的天空，擁抱著我們，擁抱著振筆疾書的你，請問下次活動在哪裡？

（請注意鳳凰花開之後就是行動時候請注意有人檢舉破壞這場激烈戰役請注意我們的奮鬥不止息請注意）

正在咖啡座裡聆聽的你突然感到一陣窒息，誘人的甜美多麼溫柔地，企圖扼殺你，噎住了不多不多那麼一小塊，你最喜愛的草莓果醬，掉落自熱騰騰的奶油吐司。

忠烈祠

——給一名歷劫歸來的地下工作者

不要說話也好
你，暫且靜默
像瀏覽窗外閃爍的夜色
回憶是一部無聲電影
你欲語無言
沒有太多熱切的期望
　曾經執著的信仰
你，還是忘了吧！
像被人遺忘一樣的忘了它吧！

那人也這樣告訴過我
犧牲是美德
奉獻是高尚
而你，和我一樣卑微的
一樣生活，一樣歡笑
一樣流淚的我們
流著一樣的血液
犧牲是美德
奉獻是高尚
不論圓山、萬華
上海、廣州、到放逐者的青康藏
你活了又死
　死了又活
讓忠烈祠訕訕然將你除名

人們不知
就因此而偉大了？

還是別管別人的眼光吧！
你不用低著頭走過
空無一人的廣場
假想有許多隻眼睛
在向你歌唱
　你不必驚怕
那一串深夜的探問和質疑
在這缺乏英雄的年代
我們沒有太多機會
被細細審訊

不因偉大的人格
只為那不幸而又最最平凡的際遇

政治犯

回到臺北那天
正是選舉結束之後
有人議論紛紛
我心中的疑惑

冬雨綿綿地下著
密密交錯的往事
如果風雨不停而追尋不止
如果寂寞

彷彿此刻的我佇立街旁

車水馬龍而人行穿梭
泥濘的腳印在集會散去之後
必須收拾起的心情
在家人離去之後

攤開地圖，拾撿陌生的方塊
我，喬裝一名乍現的落選者
試圖以冷靜的態度檢討
　三十年的信念
是如何毀於這出獄的一刻

醫學教授

如果下班之後
病人向你詢問，意不在此而態度曖昧
則答案為何？
「錯，請你收回！」

如果上班之前
太太向你需索，神情委婉而義正詞嚴
則行動為何？
「不，請你停止！」

在窗明几淨嶄新舒適的討論室裡

聽到擴音器緊急的召喚
主任早已開始他沉默的集體訓話
關於醫療的人際關係與本月用藥須知
而某位藥廠代表的笑此刻在腦海插播
身旁有人討論年終獎金與住院人數種種
門外對於年度休假的交易亦同時進行

至於你
還有什麼事可做
除了昨天那個十年來罕見的病例

實習醫師

日出之後，若即醒起
勢將匆匆奔赴
聆聽報告，接上線路
一頭衝向與世隔絕的天地
之前，讓我大聲向你說：
再會珍重！

穿上白衣彷彿漆上
白色的標誌，此去經年
請將左手撫心
　右手高舉

「前面禁止通行」
親愛的病人，早安
親愛的護士，稍待
免緊張，免心慌
只要乖乖聽話
就可平安到達

有病請快講
煩惱請別說
這是擁擠班車
生、老、病、死處處到
打針、換藥、沖洗，跟查房
過站不停，勿見笑

還有什麼不滿？
要藥給藥，要針打針
睡不著也好來找我
春去秋來日以作夜
別說我的臉色差
只要看得開
一起說說笑笑

昨天才來今天就走
上下人們並不少
退休養老又何妨？
一票到底
總算半生有依靠

借問，借問，請借問
這是個什麼樣的世界？
你要做什麼樣的角色？
生生死死難預料

還是像我
暫坐這裡
等著下一個病人
下一個星期天的來到

畢業舞會

不要向我告別
這最後共舞的時刻
有人私語切切
有人還在寒暄
歌聲輕唱，而你
囂鬧的燈光暗了
曾經歡笑
失意的面龐
此刻一一浮現
不要再說什麼
還是把頭靠在我的肩上

你可以閉上雙眼
讓我們輕輕搖擺
許多回憶
當音樂慢慢淡去

第七輯

廣場
一九八三

廣場

當廣場成為唯一聚會的場所
有人在那端爭論
今年的夏天要何時來到？
老人們權威的口吻
正逐漸衰弱自去歲
驕傲的豐收
據說是勤奮工作大量耕種的緣故
自從將畢生開拓於此
再也無暇他顧
今年的夏天要何時來到？
沒有人知道，生命的衰退

是怎樣來自一個豐收的年頭
田野間早稻枯黃
遠山一起衰老
即使雨季也遲延了
還絮絮叮嚀著
生命，這場必須終止的爭論

未知生焉知死
對於生命，我們可以努力
思索於成熟與頹廢陳雜的
秋天，水鳥正悄悄飛過
樹木還來不及呼喊
歲月便凍結於終年辛勞的泥土
於是歡樂與酒當令

春秋可以為賢者諱
我們也可以喬裝
滿懷收穫的辛勤工作者
如何向神祇表示感激
我們可以學習
對於上天的慷慨
如何需索，如鄰家勤奮的農人
總在步行時思考
闢地種植的新法

冬天，白日正悄悄離去
婦女還來不及沉默
歲月乃開始年復一年的輪迴
是那麼猝不及防的

死亡正勇於復活
像初生之犢般觸動
一季腐朽的核心
兀自盤算，不知節制地
鞭策孩童的期望
想著生根發芽，開花結果
水鳥又悄悄飛回
多麼寬容的天空
而競爭是激烈的
繁衍，擴張如溪水陡漲之後
倏然乾涸
老人在門前呆坐，孩童
從學校回來走過
去夏新闢的田畝

而等待插秧
我們在多變的氣候裡等著

彷彿凌空而降的訊息
春天，一種謠言開始升起
風要吹，雨要降
有人自山裡歸來
帶回紅日灼空的異象
四月之後，議論如瘟疫氾濫
單調而有節奏地
今年夏天將何時來到？
老人們多皺的身子
已不足擔負
生命，持續一季的困惑

持續一生的信仰
我們難耐於等待
伐木焚地，屠殺牛羊
企圖肯定生命與泥土的相關

一齊來到黃昏的廣場
婦女不再編織
孩童不再嬉戲
老人垂下遲滯的雙眼
一場儀式將被呈現
這是生命的下午
有人高歌有人悲泣
有人低聲頌著禱文
注視生死在大地交錯

倉惶的牲畜四散哀鳴
急促的呼吸在風中喘息
天上的神祇，天上的父
請接走我們衰老的父兄
留下我們稚幼的童
請給予我們生命的意義
停止一切曖昧
讓一切該生的生該滅的滅
讓一切腐朽的勇敢地離去

因為春天
不要錯過了播種成長的時候

第八輯

三十五年後

同學會（一）

如果

如果海邊有風，我便往內陸而行
如果夜裡有月，我便日落後而息
如果天上有雲，我便閉雙目而思
如果地下有知，我總是手掩耳而淚自泣。

如果，所有的一切都不存在
我還是會把你深埋心底，
臥擁而眠。

同學會(二)

曾經

曾經，是一種想像
曾經，是一種存在
曾經，是一種失落
曾經，是一種擁有
曾經，是一種不存在的想像
曾經，是一種已失落的擁有

曾經是我們共同擁有的存在

那個從未真正出現的想像，
投映到等待失落的未來

同學會㈢

不是

不是所有的見面都歡喜
不是所有的笑話都有趣
不是所有的思念都真實
不是所有的故事都存在
不是所有的人生都可以分享
不是所有的過去都可以交換

今天齊聚一堂，不是因為美好的曾經，
而是為了左右相惜，未完成的未來。

同學會(四)

總有

總有什麼是可以寫的——吉光片羽
總有什麼是可以忘的——陳年往事
總有什麼是說不了的——百轉千折
總有什麼是記不清的——恩怨情仇

總有什麼人曾喜歡什麼人
總有什麼人真討厭什麼人
總有什麼人還愛著什麼人
總有什麼人又忘了什麼人

總是一個喜劇，又重新認識了彼此

難免一種悲哀，才發現從前被認識的自己，

不是自己

還是要問，到底彼此是誰

誰是自己

附錄

測量謬斯昔日青春的心跳

——初探高醫阿米巴詩社詩人陳肇文

解昆樺

拿著聽診器的手，撫按脈搏心跳的手，也曾堅牢地握著詩筆。「我每一首詩，都有一個故事」陳肇文醫師說，語句裡大約用了過去式。所以如今我讀他的詩，也讀到了他過往青春日記裡的心事，看一個烈焰少年如何燃燒青春，在那倉促的時局中，這樣有違體制，這樣極不馴良地成長自己。

而一九五九年於臺北出生的陳肇文醫師，經過七〇年代高雄醫學院阿米巴詩社社長、主編建國中學《建中青年》、高醫《南杏》的歷練，如今是陽明大學醫學院教授、臺北榮民總醫院心臟內科主治醫師。現已發表中英文醫學

論文逾九十餘篇，並出版詩集《無法掩藏的時候》。

青春無敵　搖滾詩少年

自賴和以降，臺灣文學中醫生詩人的書寫自成傳統，這我自然知悉，但總是在案頭書本堆裡領之受之。基本上醫生在我侷促的現實生活中，還是那個在醫院拿聽診器，抓著我問病問痛的人。老實說，我討厭生病，我也怕醫生。儘管每次看完醫生的結論都是——啊，醫生真的是超溫柔又熱心。

因此，生平第一次與醫生相隔的只是一杯咖啡與零零散散的詩刊，而話題是他的往日，是他的詩時，總讓我那些繽紛的文學史記憶得到一份落實的土壤。而我自然不會把陳肇文醫生跟賴和的影像疊合在一塊兒，這是為什麼呢？因為他有他自己的故事，他有他自己的詩語言靈魂。與他見面，講沒幾句便很自然聊起他的詩。陳醫師開頭便說，你覺不覺得我的詩很有韻律感？我正準備細答，他緊接著說，那時我都是邊聽搖滾樂邊寫東西……，我們確

實無法想像帶著八字鬍穿臺灣衫的賴和，蹦蹦跳跳聽搖滾寫現代詩。

但我們眼前的醫生詩人會的，原因我想正如陳肇文自己稍稍分析他們這一世代詩人的詩風，所以與前行代詩人不同，正在於所處的時代背景與所能吸收的藝術因子已有極大差異的緣故。所以我們便一同緬懷起七〇年代搖滾樂，細談那段老鷹合唱團都還顯得稚嫩，而披頭四正所向披靡的黃金歲月。那時臺灣接觸外國音樂的管道有限，因此只要每逢廣播電台要放送搖滾排行榜時，陳肇文每每跟同學們約好各自在家用力聽，邊聽邊抄歌詞，隔天到學校互相對歌詞，猜歌詞裡的意思。搖滾樂本身便是六〇年代末世界反體制文化的一部分，在臺灣七〇年代那既封閉又緊張之政治體制中聽搖滾樂的陳肇文，其實已顯露了內在那激進叛逆的躁動靈魂。

有趣的是，陳肇文剛開始寫出來的詩，多少還是沾染了中國古典詩的意境特質，相對於當時臺灣社會、政治的不安情勢，顯得有些不合時宜。恰恰好他念建國中學時的國文老師，正好是柏楊的太太——詩人張香華，張香華

只要看到陳肇文詩中出現古典字句一律通通都刪掉，無形中使他開始思考詩語言的現實表達問題。同時間，陳肇文也有另一段影響他一生的際遇，那便是他負責主編了《建中青年》。那時建中正逢二十五週年校慶，校刊《建中青年》自然要出版一個專號，出版費需要二十多萬元，學校只補助九萬元，剩下十多萬元陳肇文便要帶領同學自行出去募款。除此之外，他也要負責完成很多各類型的稿子好充實版面。一個十來歲的少年，就這樣負責起一份建中刊物的成敗。

編輯《建中青年》時，為了採訪與撰寫稿子，他接觸到很多日後社會上的各種知識份子。當時他常去找的學長與同學，包括：拒絕聯考的小子吳祥輝，編導作家丁亞民，作家朱天心的先生謝材俊，以及現在的臺大社會系教授林端，其中也包括了日後成為中央研究院院士及歷史語言研究所所長的王汎森。一群人總是窩在建中紅樓裡，成天蹺課抽煙臧否時事。這樣的「校園生活」，使他總得要躲建中教官。「當然也是因為我會寫點東西，教官要吸收

我入黨，否則不放心」，陳肇文笑著說：「有次教官乾脆就守在教室門外等我，下課鐘一響，我二話不說直接爬另一側窗口落跑，蹺課到植物園呆了老半天。」

在這種建中叛逆少年身上，自然也會連帶聽到天才的故事。陳肇文說：「我念建中三年，只念書三個月，真正準備考試大概只有三個禮拜。」那最後考得怎樣？我們可以從下面這段話見出端倪。

「聯考放榜後，」他說，「那時我在要不要去念醫間抉擇。如果要重考，我可以輕易考上臺大法律系，但是我知道我念法的話，後來一定會投入選舉從政，這似乎會是個很艱辛又不穩定的路。就如同那時建中教官跟我說的一樣——還好你沒念法律，不然臺大會有一大堆人等著要對付你。」我們的叛逆詩少年面臨一個重要的分叉路，經過一番思索後，他到高雄醫學院報到。

在港都高雄走動的詩人

自小在臺北長大的陳肇文剛到島嶼之南學醫時，在那兒的生活感覺之令他新鮮訝異，據他說，大概就像杜正勝把臺灣地圖橫擺所帶來的衝擊般。他發現站在高雄瞭解臺灣，會發現一個完全不一樣的臺灣。

那時還沒有高速公路，就是連放春假也沒法回臺北的家，因此每次寒暑假回臺北他都得詳細規劃，邊北上邊投靠同學、朋友。這邊住朋友家邊回家的過程中，也無形中看到當時臺灣各區域那發展不平均的實況。那時高雄雖稍稍現代化，但基本上都市機能還不發達，除了晚上到處都是夜市外，最令他震撼的，還是高雄的加工出口區。

念高醫後，他也參加了校內的愛心服務團，到高雄加工出口區教導女工們簡單的醫療知識。他印象最深的是，由於高雄加工出口區那時算是境外特區，因此進出都要搜身。許多女工們被嚴重剝削，可能剛從國小畢業，甚至沒畢業就到加工區上班。往往超時工作的她們幾乎沒有寬闊的人際關係，而

且也缺少進修的機會，許多女工為了家計把青春年華都投擲在加工區。

當然，他的高雄經驗中也有與臺北經驗相雷同的部分，那便是被文藝監督的經驗。陳肇文剛進高雄醫學院，自然參加了高雄醫學院文藝刊物《南杏》的編輯，以及阿米巴詩社。才沒多久，周遭馬上便有「學長」拿六〇年代的《自由中國》給他看，試探一下他。陳肇文說：「那時我翻了翻便說，我連《大學雜誌》、《夏潮》都看過了，這些沒什麼。」

當他主編《南杏》時，某次主持編輯會議時，聽到喀擦一聲，原來是坐在他前面一個小女生偷偷拿著小型錄音機，幫教官對他進行錄音蒐證。所以從此以後，陳肇文編《南杏》便再也不開編輯會議，都是透過他與編輯成員間點對點的聯絡。所以當時高醫的教官不容易掌握陳肇文的編輯工作，陳肇文那時也才能順利地訪問羅大佑跟尤清，也接觸了向陽、七等生、黃春明、陳映真等文學作家。這現在看來沒什麼，但在那個連到校外與其他學校社團接觸都得報備的戒嚴年代，採訪這些與官方主流不同調的知識份子，確實是

有危險的。陳肇文還記得那時尤清剛從德國拿了法學博士回來，接受他訪問時第一句便說：「在現在這樣的情勢，你真不簡單，敢來訪問我。」

不過陳肇文覺得這些採訪撰寫的工作，只是他在建中那些編採寫工作的延續，他笑著說：「我在建中時，便已假借三民主義研究社的名義，發表研究馬克斯主義的文章了，何況到高醫。」因此他在高醫的學校刊物上往往假寫影評，而實發表時論。七〇年代末更加關心臺灣現實的他，自然也知道鄉土文學論戰以及報導文學隱晦其中的情感與寓意。所以那時陳肇文也受了影響，除寫一些鄉土文學的詩，也創作出像〈報導文學〉這樣的現實詩作。

陳肇文在擔任阿米巴詩社社長時，由於阿米巴詩社始終受到高醫教官打壓，因此他們詩社活動只好搬到校外去。校外詩社活動自然隨興，有時在鍾維政、林式穀他們在校外租的樓房（他們那時將之雅稱為「彩虹屋」），有時在劉家壽家的屋頂，有時在愛河，有時在高雄到處可見的夜市，便開始飲酒談詩各抒所見。就這樣，相對於曾貫海、江自得那一輩的「老阿米巴」，七〇

年代的這群「新阿米巴」詩人們就這樣自由自在的，極具個性地變形著、成長著。

到了八〇年代初，那時似乎蔣經國總統決定停止對校園知識青年的監控政策，要將一些對知識份子的監控檔案銷毀。高醫教官要銷毀那些職業學生監控陳肇文的報告檔案前，曾叫人問他要不要自己去看看。「我沒去看，只是請同學幫我大概瞄一下，你知道有多厚嗎？」陳肇文一手擺在肩頭，另一手擺在腹部，「大概有那麼厚！諷刺的是：後來我當兵時，服的竟是憲兵役。」他說。

陳肇文覺得自己其實蠻 lucky，若非棄法選醫，以他這樣的「紀錄」，最慘的下場有可能會被抓去蹲苦牢。特別是一九七九年美麗島遊行，那時警方正要拉起封鎖線抓人時，陳肇文說：「我們這群人好死不死，正好在封鎖線裡的咖啡館喝咖啡，要不是服務生叫我們快走，那時我有那麼厚的檔案，八成很難脫身。」但就像陳肇文那首我跟他都很喜歡的〈草莓果醬〉所寫

的一般：

季節的嚮往將不止於每個沒課的午後。我們攤開蒐集的風景明信片厚厚的冬陽把它烘就，一塊略略焦黃的奶油土司供你充饑，只有一碟甜甜草莓果醬，不能讓你感動，每小時插播一次的新聞報導，無妨你的思考，一個過時的校園政治事件，發生的時候你並不在場。

（熱情改革的大學青年試圖向權威挑戰原是多麼豪壯企圖證明自己的力量）

這首詩以散文詩的形式寫成，詩人以反諷修辭推動詩語言，詩中建構了兩個場景，一個是咖啡館的悠閒場景，另一個則是廣播（或廣場）上的校園政治活動場景。在詩作中兩個場景彼此隔離，無非正在暗示現實與非現實間的差距，以及語言主體間本身置身的矛盾位置。詩人既透過反諷筆調寫就本詩，自然也為在文本外的自身選擇一個前進廣場的姿態。在大學讀書的詩人

陳肇文拒絕像一罐甜膩的草莓果醬般，「安分守己」地將自己封閉在校園內，完全沒有自主性地讀別人要你讀的書，作別人要你做的事。詩人嘲弄了那些被封儲在學校中缺乏社會行動力的「乖學生」，也連帶拒絕了戒嚴教育體制對他的「釀造」，所以他選擇用自己的眼睛與身體，親身體驗觀察那個時代。

向謬斯暫時告假

不過，陳肇文認為他自身所選擇的，基本上還是一個觀察、關懷但不積極介入現實政治的位置。他引用了美國詩人羅伯特•弗羅斯特：「我年輕時不願做一個激進派，因為怕年老時變成一個保守派。」這句影響他最深的詩，陳述到：「許多社會運動者還沒仔細觀察、理解社會上各種不一樣的族群，就要介入社會改革，硬要把別人改成自己想要的樣子，這種缺乏認識與體會的行動，注定會使社會動盪不安。」這是陳肇文長年冷靜分析臺灣現實社會後得到的一句話。

高醫的求學歲月終會結束，到馬偕醫院實習後，陳肇文又要面對選科的問題，最後他選擇了心臟科，沒像王浩威等人般走精神科。主要是在進行醫療診斷推論時，心臟科更為理性，在診斷上有更多可以進行客觀論證的數據圖表。而這樣的選擇，徹底壓抑甚至排除掉他體內任何一絲絲謬斯的感性能量。陳肇文以為，在醫療時，他要全心面對一個人的性命，絕不容有任何失誤。特別是在病況危急時，他必須放棄任何感性的情感成份，要理性、快速地處理病人所有的突發問題。而心臟科也比較不能像其他科般在治療過程中可分段進行，必須對病人時刻進行觀察追蹤。

所以現在他整天手上握的是聽診器與心電圖，又忙著國內外的醫學研討會議，多年不寫詩了。陳肇文笑著說：「搞不好現在我的英文比中文好。」

「未來這些醫療工作稍稍告一個段落，應該會重新開始寫詩吧？」最後我問。

陳肇文醫師答道：「那當然！」

後記

常常我們一起徹夜喝酒聊天，常常有一些新的主意和新的想法浮現腦海，有時為了一部好片子我們一起蹺課，有時也為了即將而來的考試獨自閉門苦讀。每當詩刊出來的時候，也就是我們大發議論，爭執不下的時候，然而有一點卻是我們決不遲疑的，那就是生活，真誠勇敢地生活。不顧及別人異樣的眼光，卻計較自己開闊的胸襟，高雄七年，彷彿是微醺之後的沉思，思索著生命與愛，也思索著存在的形式與時代的去向。

這本集子收集了近七年來三分之二的作品，也是第一次把自己做一個整理，在現實生活的苦悶及相互鼓勵、自我跳脫中完成的種種，與其視為文學藝術的創作，不如就當做是一份成長的紀錄，生命忠實的剖白。

沒有太多喜悅或嘆息，年少的激情不能隱掩愈發鮮明的矛盾和迷惑，嘗

試在心情逝去之後思索，慾望或期待的情懷，是如何由硬澀的教科書中釋出，演繹成繁複的理念，而後回歸到真切的現實。雖然詩的形成往往緣起於一種心情，然而深刻的反省是不可少的。從早期浪漫到近來的沉冷，自覺這些年來詩的探索，已成為心靈不可或缺的活動。面對愈形多變的世代，愈形複雜的情思，在邏輯性思考之外，或許我們更需要一分想像力，一點靈感，才能洞悉這生死存滅的天機。而詩的成就，似乎也就是在追尋我們內心的精靈，唯有真誠自然中冷靜的思索，才能掌握它的輪廓，一窺自己內心最最隱密的角落，竟或也是生命最最無法掩藏的本質。

我喜歡寫一些什麼，不為什麼特別的目的，只是單純地喜歡思索本身，有時也許企圖要說些什麼，而在感動無法掩藏的時候，也就不是我所能，我所願去限制它的了。希望在這本詩集裡，沒有太多的渲染，沒有無心的浪漫，有的只是多少淡淡的回味。

要謝謝許多朋友的鼓勵和協助，特別是向陽、王浩威、楊明敏、張雪映、

王秉訓、蔡榮裕以及阿米巴詩社的各位。這本書的完成，提醒了我更需慎重自己的步子，在未來的工作生活裡，更真誠更冷靜地探索與追尋。

一九八四年七月四日　陳肇文

後記之後

三十多年之後，重新翻閱自己年輕時的詩作，心情是既陌生又熟悉。許多回憶一點一滴地浮現，除了當時的場景，更多的是塵封的面龐，一個個又鮮活了起來。畢竟就是以寫詩來代替寫日記的，而這本詩集也就記載了我在高雄讀書六年及臺北實習一年的歲月軌跡。

幸運的是身臨了那樣的一個大時代，學生運動及黨外抗爭風起雲湧，在南部更見證了一個新時代的崛起。事實上，臺灣的民主運動也正是由南而北，以高雄為濫觴。

不幸的也正是在這樣一個上下傾軋，左右交替的動盪年代，年輕而又熱血的布衣青年，隻身在遠離家鄉的臺灣南部，過著近乎自我放逐的生活。畢竟是政治禁忌的陰影，寫詩、喝酒、聽音樂、打球幾乎成為了生活的主要內

容。也多虧當時的一幫哥們，才使得那苦澀的青春，鬱悶的歲月，得以安然行過。當然其中也有愛情，只是魯鈍如我，既不知也不會在心儀的對象前表述，只好藉由風花雪月，一吐情懷。

慶幸的是，事過境遷回到北部沉潛這麼多年，仍能與當時的好友們間續相聚。除了憶往，也多了一些相濡以沫，珍重江湖的疼惜。而大環境的變動更是快速，已不能用昨是而今非來形容。在往來門診、出入病房、埋首研究、撰寫論文之餘，偶爾探出頭去，仍然還能看到一如往昔般燦爛的「南」天。只是現在的我斑剝益增，已然不同。

記得當年詩集初出版前，曾答應向陽老師，此路行去，不忘初心。要感謝解昆樺教授十二年前來探訪阿米巴詩社的故事，讓我又重拾過往，倏然間發現昔日的詩作，竟如預言似的，與自己後來的人生經歷及社會變動，有著莫名而驚人的吻合。自此，許多鮮活的記憶又開始在眼前跳躍。時到今日，年已花甲，心情卻還有著猶似當年般的不安，想是與生俱來的血脈，總有許

多無法割捨的悸動。

感謝老同學三民書局劉總的鼓勵敦促，讓我在同學會酒酣耳熱、口沫橫飛之餘，還有機會靜下來，看看，再回頭看看——那個三十多年前的熱血青年，是怎樣走過吵嘈紛擾的年代，來到這多彩變幻的時代，並望向亙遠平靜的未來。

也要謝謝浩威、康永及文詠在百忙之中為我跨刀作序。他們或近或遠，都看到了回歸現實的、多面的我。

引吭高歌也好，埋首疾書也好，午夜靜思也好，因為思索與靜靜的夜都是我們所愛，當感動無法掩藏的時候。

陳肇文

二〇一九，臺北

創作年表

一九五九年　四月　生於臺北
一九六五年初　因急性肝炎住院兩個月，初觸文學
一九六五年　九月　入私立復興小學一年忠班
一九七〇年　四月　全校作文比賽第一名
一九七一年　九月　入私立復興初中一年望班
一九七二年底　全校作文比賽第一名
一九七四年初　完成長詩〈山河戀〉
一九七四年　九月　入建國中學一年廿五班
十月　任《建中人》刊物編輯
十二月　散文〈冬閑札記〉發表於《建中青年》第62期
一九七五年　五月　當選建中青年社社長及《建中青年》第63期總編，對中國近代史發

生興趣

十二月　長詩〈山河戀〉發表於《中央月刊》

完成《建中青年》第63期編務

長詩〈母親〉等二首發表於其上

一九七六年　九月　參與《建中文摘》第一集編務

一九七七年　六月　畢業於建中三年九班

十月　入高雄醫學院醫學系

嘗試小說創作

初讀鄭愁予，葉珊詩集

一九七八年　四月　作品〈藍調武士〉等四首發表於《阿米巴詩刊》第23期

加入高醫阿米巴詩社

十二月　散文〈冬閑札記〉及〈讀西潮談自己〉選入《建青選集之六》

〈風雨同舟〉、〈給你〉發表於《高醫青年》

一九七九年　五月　〈外台戲〉、〈回信〉、〈報導文學〉、〈坐晚〉等四首發表於《阿米巴詩刊》第24期
六月　任阿米巴詩社社長
十月　〈瞭望〉獲南區大專新詩朗誦冠軍
一九八〇年　一月　〈理論派的下午〉及〈書籤〉發表於《阿米巴詩刊》第25期
六月　〈浪子街頭〉、〈夏晚〉、〈歌手〉發表於《阿米巴詩刊》第26期
獲第一屆南杏文學獎新詩組第三名
十月　長詩〈狩獵〉發表於校刊《南杏》第27期
十一月　〈傍晚小立〉、〈新水初沸〉發表於《阿米巴詩刊》第27期
十二月　〈水手〉發表於《高醫青年》
一九八一年　一月　〈問佛〉、〈等你醒來〉發表於《阿米巴詩刊》第28期
六月　〈側面七首〉發表於《阿米巴詩刊》第29，30合期
十月　〈悲劇電影〉發表於校刊《南杏》第28期〈秋日對茗〉發表於《阿

米巴詩刊》第32期

十一月　任校刊南杏社社長

一九八二年　一月　〈錯失〉發表於《阿米巴詩刊》第34期

二月　〈等待一九八二〉發表於《阿米巴詩刊》第35期

十月　〈夜曲〉發表於《阿米巴詩刊》第39期

十二月　〈無法掩藏的時候〉發表於《阿米巴詩刊》第41期

一九八三年　一月　散文詩〈草莓果醬〉發表於《sense》

三月　〈愛情〉、〈川端康成之死〉、〈山風也要停息〉發表於《阿米巴詩刊》第42期

五月　長詩〈廣場〉、〈墾丁〉發表於《阿米巴詩刊》第43期

六月　任馬偕醫院實習醫師一年

作品〈忠烈祠〉獲第三屆南杏文學獎，新詩組佳作

一九八四年　四月　〈醫學教授〉發表於《阿米巴詩刊》第48期

六月　〈政治犯〉發表於《陽光小集》第13期
畢業於高雄醫學院醫學系
〈渡〉、〈烏山頭遊記〉發表於《高醫青年》
一九八四年　九月　入伍於左營衛武營、新訓於鳳山步校
十二月　受訓於外雙溪衛勤學校
一九八五年　二月　受訓於公西憲訓中心
五月　任憲兵司令部少尉醫官
一九八六年　七月　退伍於憲兵司令部
十月　臺北榮總內科住院醫師
一九八九年　五月　臺北榮總心臟內科醫師
一九九一年　五月　於醫學期刊發表第一篇醫學論文
一九九二年　七月　總統李登輝醫療小組成員
一九九三年　五月　臺北榮總心臟內科主治醫師

一九九五年　五月　七海官邸醫療小組成員
一九九七年　九月　美國史丹福大學心血管中心進修
一九九八年　二月　陽明大學助理教授
一九九九年　六月　列入世界名人錄
二〇〇三年　八月　陽明大學內科副教授
二〇〇六年　八月　陽明大學內科教授
二〇〇七年　八月　陽明大學藥理學研究所教授
二〇〇八年　二月　發表第一百篇醫學論文
二〇〇八年　五月　被臺灣商業周刊選為臺灣百大良醫
二〇〇九年　二月　臺北榮總臨床訓練中心主任
二〇一一年　五月　陽明大學副研發長
二〇一二年　二月　獲得中華民國發明專利二項
　　　　　　八月　獲頒歐洲心臟學會院士

十一月　獲頒美國心臟學會院士

二〇一三年　五月　發表第二百篇醫學論文

二〇一三年十一月　臺北榮總臨床研究科主任

二〇一五年　三月　獲得中華人民共和國發明專利一項

二〇一五年十一月　獲得日本發明專利一項

二〇一七年　一月　獲得中華民國發明專利二項

二〇一七年　五月　陽明大學心血管研究中心主任

二〇一八年十一月　發表第三百篇醫學論文

二〇一九年　一月　獲得中華民國發明專利一項

二〇一九年　八月　陽明大學特聘教授

九月　三十五年後創作〈同學會〉㈠、㈡、㈢、㈣

十二月　詩集《無法掩藏的時候》由三民書局重印出版

國家圖書館出版品預行編目資料

無法掩藏的時候／陳肇文著.－－初版一刷.－－臺北市：三民，2019
面；　公分.－－（集輯）

ISBN 978-957-14-6128-1（精裝）

863.51　　108018929

集輯

無法掩藏的時候

作　　者｜陳肇文
責任編輯｜連玉佳
美術編輯｜王立涵

發 行 人｜劉振強
出 版 者｜三民書局股份有限公司
地　　址｜臺北市復興北路 386 號 (復北門市)
　　　　　臺北市重慶南路一段 61 號 (重南門市)
電　　話｜(02)25006600
網　　址｜三民網路書店 https://www.sanmin.com.tw

出版日期｜初版一刷 2019 年 12 月
書籍編號｜S859041
I S B N｜978-957-14-6128-1